Strudel mit anderen zu teilen. Sie schauderte unter dem Zwang, weiterlesen zu müssen.

Krieg

Eine Beobachtung

Dumpfes Licht sickert durch die S-Bahnscheiben. Orangefarbene, chinesische Schriftzeichen überziehen den senkrechten Aufdruck, der fett auf dem grauen Buchdeckel prangt: **WAR**.

Die Frau steht durchfroren, eingewickelt in Mantel und Schal am Bahnsteig. Ungefähr siebzig, kurze graue Haare, das Buch vor sich. Ein zusammengekniffener Blick durch die pseudomoderne Brille. Zwei Schritte rechts ein Mann Mitte dreißig, hager, groß, mit Glatze; ins gleiche graue Buch vertieft.

Was für eine Veranstaltung, welche Lesung mag es gewesen sein, die beide besuchten? Die zwei wechseln kein Wort, nehmen einander scheinbar nicht wahr. Das Buch muss gut sein. Oder neu? Ein Krieg der Kommunikation, stille Anonymität statt Worten, Mangel als Keim eines jeden Konflikts.

Der Zug rollt an, der Tunnel verschluckt die Szenerie.

Der Traum des Elefanten

Die zwei Brüder waren unzertrennlich. Sie rannten um die Wette, streunten durch einen nahen Wald. Sie vermissten das Grün ihrer frühen Kindheit. Dabei ertönten Lieder, oft sangen oder komponierten sie nur nach Tonsilben. Begegneten sie einem Spaziergänger, grüßten sie freundlich, auch wenn ihr Singen mit Kopfschütteln oder Verweisen auf den Gesang der Vögel quittiert wurde.

Dieses Mal gastierte der Zirkus in einer großen Stadt. Ein breiter Fluss strömte durch sie. Wo er ins Meer mündete, befand sich ein ausgedehnter Hafen. An einem Seitenarm reckten die Pappeln einer Uferpromenade ihr Blätterdach in den Wind der Dünung. Hier erschallte ihr Gesang ungehört, doch in gewohnter Fröhlichkeit. Nur die Möwen musterten sie kritisch, stimmten aber ein mit ihrem Schreien. So mussten sie mit dem nahen Park vorliebnehmen. Eine Gruppe pöbelte sie an, gekleidet mit schwarzen Stiefeln und grünen Jacken. Schweigend gingen sie nach Hause, um den Elefanten zu füttern. Beide hatten sie das Tier ins Herz geschlossen. Nach langem Betteln erhielten sie Erlaubnis, sich an seiner Pflege zu beteiligen. Stets blickte der Riese traurig, und doch schien er dabei um seine hellen Augen herum zu lächeln. Der Jüngere hatte begonnen, auf dem duldsamen Tier herumzuklettern. Als man ihn erwischte, bekam der Zirkus eine neue Nummer.

Die zwei mussten während ihres Aufenthalts die Schule besuchen und verteilten in ihren Klassen Freikarten. Nur wenige nahmen sie, war doch die Störung unwillkommen, die Ablenkung von ihren kleinen Bildschirmen zu groß. Der eine erzählte von seiner Nummer mit dem Elefanten. Die Mädchen nahmen es zunächst begeistert auf, die Jungs verschrien ihn jedoch als einen Angeber. Als jemand seine Kleidung monierte, andere seinen Geruch, wandten sich alle von ihm ab. Still traf er sich in der Pause mit seinem Bruder. Die Blicke ihrer schwarzen Augen vermittelten in Sekundenschnelle alles Wissenswerte, begleitet von einem leichten Zucken der Augenbrauen. Schweigend gingen sie von jenem Tag an nach Hause, um den Elefanten zu pflegen. Nach ihrem Tagwerk versäumten sie es nicht, ihre Lieder dem Wind anzuvertrauen. Sie fertigten ein Buch an: lose Zettel, an eine Schnur gebunden. Das Deckblatt zeigte die bunte Zeichnung eines Zirkuszelts und einen übergroßen Elefanten. Hinein schrieben sie ihre Texte, auf manchen Seiten klebten sie Notenblätter auf; alles war mit Buntstiften und Wasserfarben verziert.

Dann kam der Tag, an dessen Morgen sich der Ältere in der Schule gestritten, ja sogar geprügelt hatte. Er musste nachsitzen. Zu Hause angekommen, seine Augen brannten vor Sehnsucht, ging er wortlos zum nahen Stadtwald. Er nahm das Buch mit. Von seinem alleinigen Spaziergang kehrte er nicht zurück. Mit feuchten Augen verfolgte der Bruder die Gespräche der Erwachsenen, doch er verstand nicht alles. Der Gram eroberte sein Gesicht. Die Polizei sagte, sie verdächtige eine Gruppe, die öfters im Stadtpark streune, könne aber nichts beweisen. Später stellten sie die Suche ein. An diesem Tag trat in der Vorstellung kein Clown auf, und der Junge schwieg ab diesem Tag; nur nicht beim Elefanten. Sie summten zusammen Lieder, der Junge mit geschlossenen Lippen und verklärtem Blick, während der Elefant dazu rhythmisch mit dem Kopf schaukelte.

Eine Woche danach mussten seine Eltern in die Schule kommen. Als sie zurückkehrten, bemerkten sie das Fehlen des Elefanten. Dieser erschreckte unterdessen die wenigen Passanten auf der Uferpromenade. Mit seinem jungen Freund schlenderte er dort entlang, und so manche Pappel knickte. Die verständigte Polizei und der herbeigerufene Tierfänger zeigten sich ratlos und umstellten die zwei vorsorglich. Da geriet der Elefant in Panik, und der Junge versuchte verzweifelt, ihn zu beruhigen. Er schwenkte abwehrend die Arme gegenüber der näherkommenden Polizei.

Als die Holzbrüstung der Aussichtsplattform unter dem Druck des massigen Körpers barst, feuerte der Tierfänger sein Spezialgewehr mit der Kartusche ab. In die Enge getrieben, sprang das Tier ins Wasser. Nach ein paar Metern verließen es die Kräfte.

In der Zeitung des nächsten Tages sah man das Bild des Kadavers in den Felsen der Hafeneinfahrt, bedeckt vom Laub der Pappeln, nebst einem kurzen Bericht.

»Ausgerissener Zirkuselefant ertrunken. Das in Panik geratene Tier ... « Der Bericht endete mit »... von dem vermissten Zirkusmitglied fehlt nach wie vor jede Spur.«

Das dunkle Augenpaar zeigte das Foto nicht. Nicht ihr Schweifen über die Wellen, die an der grauen Haut des Dickhäuters leckten. Auch bemerkte niemand außer dem Jungen die einzelnen beschriebenen Blätter im Wasser: Papier mit bunten Zeichnungen und Noten. Sie trudelten in der Dünung, wirbelten auf der Wasseroberfläche umher. Die Farbschlieren verloren sich in den Wellen und verstreuten die Töne im Rauschen des Meeres.

Das Auge

Unendliches Schwarz zieht mich in seinen Bann, finstere Tiefen öffnen ihre Tore zum Empfang. Umkränzt von einem Schimmer aus Gelb, mit Einsprengseln aus Bernstein. Ich versinke in Erinnerungen, ziellos schweift mein Blick umher, obwohl ich weder Kopf noch Augen bewegen kann. Ich schwebe und überblicke unbeteiligt das Schlachtfeld. Verkohlte Stumpen aus verdrehten Gliedmaßen ragen unmittelbar neben mir auf. Da ist auch die Blutlache, jetzt braun im Sand eingetrocknet, in der zuvor meine Eingeweide schwammen. Verzweifelt presste ich das Loch im Bauch zu, ein Irrer, Sterne vor Augen. Der Schock, dass diese rote endlose Schlange zu mir gehörte. Ich ging in die Knie, der Schmerz kam, jedoch keine Ohnmacht. Hektisch stopfte ich meinen Darm zurück, bis mir eine fremde Stimme die Sinnlosigkeit meines Unterfangens offenbarte. Ich sackte zur Seite, Stiefel trampelten über mein Innenleben, Gedärm, Geschrei, Feuerblitze, Rauchschwaden ... Die nächsten Erinnerungen: Bilder von den Städten, die ich im Laufe meines Lebens besucht hatte.

Neu in einer Stadt, allein, so allein, wie ich mich jetzt fühle. Keine Furcht, eher Trotz gegenüber der Einschüchterung, die aus den vielen fremden Eindrücken hervorgeht. Ein Bär, der vorsichtig auf der Suche nach Honig um jede Ecke späht. Die Gerüche von Menschenansammlungen: Moder am Kanal, verwinkelte Gassen, Gegrilltes, Süßes. Der Lärm der nahen Boote am Fluss mischt sich in den engen Häuserschluchten mit den Gesprächen der Einkaufsbummler, dem Rufen der Verkäufer, dem Gezeter von Touristen. Rundbogen, Efeu, karierte Deckchen, Wein an jedem kleinen Tisch der zahlreichen Cafés und Bars. Am Ufer hohe Pappeln, Blätterantennen fangen das Flüstern des Windes ein, der vom Meer heraufzieht und dabei das sanfte Lied der Ferne summt. Die Sehnsucht nach der Unendlichkeit des Ozeans zeichnet die sonnengegerbten Gesichter der Bewohner, das Blau der See in ihren Augen erzählt vom entfernten Horizont, vom Sehnen nach einem Morgen mit Cappuccino oder Espresso am Tresen. Neben der Straße neigen Weiden leidend ihr Antlitz in den Spiegel des Weihers, weiter rechts folgt narzisstisch unberührt die x-te Kopie einer Einkaufspassage. Der Besucher ist ein wildes Tier, ohne Rast, ich streifte weiter, suchte, um zu finden: Asphaltstraßen, Hinterhöfe, Rotlichtviertel in der Dämmerung. In jeder Stadt gibt es andere Busse; sie riechen verschieden, als ob der Diesel unterschiedlich verbrannt wird. Andere Schlaglöcher, andere Ampeln, verschiedene Autos, neue Bordelle. Um ein solches Etablissement zu beurteilen, benötigt man ein Kriterium, sonst müsste man nicht hineingehen. Still tappte ich durch stinkende Gassen und über feuchtes Pflaster. Pisse? Wasser? War betrunken. Wenn man sich Sex zwischen Eva Hitler und Adolf Braun vorstellt und dann die erwählte Frau immer noch eine Erektion auslösen kann, wäre das wohl ein Abenteuer wert. Trotz des gleichen Parfüms riechen die Frauen einer jeden Stadt anders. Der Duft der Einsamkeit in Flakons, die explodierende Blüte beim Berühren der Haut – dann entsteht das Aroma des Fleisches, das Feuerwerk der Synapsen zündet, Myriaden von Sonnen, gefangen im Wohlgeruch eines Körpers, ein Kunstwerk. Das zarteste Fleisch einer Frau stillte mein Verlangen beim Zerfließen in Momenten puren Seins. Tokio, San Francisco, Taipeh, New York, Seoul ziehen auf dieser Uferpromenade vorbei, auf der zwei Mädchen sich unter Küssen verabschieden. Städte, Menschen, unterschiedlich und doch gleich. Wie schafft man es, sie gegeneinander aufzuhetzen, dass sie in den Krieg ziehen?

    Den Feind hatte ich nie gesehen. Die Rauchschwaden waren verzogen, und ich konnte noch ein letztes Mal den Kopf heben. Zittrig schaute ich mich um: Verwüstung im Nichts aus flachen Dünen, Sand, so weit mein Blick reichte, kleine Ölbrände zwischen Trümmern, die Stille zerrissen von einem explodierenden Benzintank, das Knistern der

Flammen. Der Geruch von verbranntem Fleisch, verstreut die Reste von Menschenleibern. Verkrampfte Arme und Beine recken sich wie abgeschlagene, vernarbte Äste in den blauen, wolkenlosen Himmel, der die dunklen Rauchsäulen in die Ewigkeit zerrt.

In der Nähe ein Stahlhelm, aus dem eine breiige, zartrosa Masse sickert. Drüben, in Richtung der Dünen, lehnt eine Uniform an einem zerschossenen Fahrzeug: Leere Augenhöhlen starren herüber, rote Rinnsale bilden Weinranken auf der Brust des Toten, Nahrung der Raben. Sie waren die Ersten gewesen, seit jeher. Habe mich immer für Archäologie interessiert. Wie so ein Schlachtfeld wohl vor Jahrtausenden ausgesehen hat?

Mehr Menschenleiber, mehr Blut, und die Tierkadaver, die Raben ..., antwortet mein Verstand, den ich unbeteiligt zur Kenntnis nehme, ... und Geschrei von Verwundeten. Jemand ginge umher, um die Schwerverletzten zu töten, damit sie nicht zur Last fallen. Ich müsste mich tot stellen, ha! Ich lache, doch kein Gesichtsmuskel bewegt sich. Hier herrscht Grabesstille, bis auf das Krächzen der Raben. Ich werde wütend:

Nichts hat sich geändert, schon immer sind Menschen für die Überzeugungen anderer gestorben, haben für ihre Idee von Wahrheit getötet, Söldner aus Not, aus Religion, der Unterschied ist egal. Wahrhafter Glauben, wahre Moral, echte Menschenliebe, Tugend als Ware, Bildung als Ware. Allen Menschen gemein, jedoch nur beinahe: Facetten in Reflexionen, Farbspiele in Streuung, Prismenbrechung menschlichen Seins, und die Vielheit bedeutet Verschiedenheit, endet in Angst und Vernichtung. Nur das Töten haben wir perfektioniert, vereinheitlicht, damit im Bombenlärm beim Sterben kein Geschrei mehr stört. Wozu das Ganze? Ließe ich mich doch gleich erschießen ... Ich denke daran, wie alles angefangen hat, erinnere mich meines ersten Einsatzes, als ich in den letzten Kriegstagen an die Front kam, obwohl der Rückzug schon begonnen hatte, neue Marschbefehle. Wir waren zu dritt die Böschung hinuntergestürzt, als ein Tiefflieger die Kolonne angriff, wurden wir von den anderen getrennt. Im Schlamm des Baches liegend, dem dumpfen Tanz der Einschläge von Maschinengewehrsalven durchs Wasser lauschend, dann die Uferböschung weiter, der aufspritzende Dreck, Schreie gefolgt von Stille, von einsetzendem Wimmern. Ich war siebzehn. In der Ferne hochdrehende Motoren, der Pilot wendete. Wir drei hetzten in eine Röhre, bis eine Metalltreppe hinabführte. Wir eilten weiter, als der Gedanke zum ersten Mal aufblitzte: Warum nicht? Wir lassen uns zurückfallen, werden versprengt, lassen uns finden und gefangen nehmen. Der Schweiß brannte in den Augen, und ich dachte, dass meine Kameraden den Kopf schütteln, lautstark protestieren müssten. Doch bevor ich hatte sprechen können, endete die Treppe abrupt, und wir stürzten den letzten Meter auf eine Geröllhalde. Wir kletterten diese bis zum Boden eines engen Tunnels hinab, tasteten uns an Wänden aus Erde entlang. Nach endlosen Minuten qualvoll gebeugten Gehens, das Klirren des Essgeschirrs am Gürtel war das einzige Geräusch, öffnete sich vor uns eine riesige Höhle, die sich als überdimensionaler Schlauch durch die Unterwelt zog. An manchen Stellen war die Decke eingebrochen, Licht sickerte herein, tauchte den kargen Schlingpflanzenbewuchs in dürres Grün. Schroffe Felsen verwehrten den Aufstieg. Da mischten sich ferne Motorengeräusche in die Stille. Wir lauschten angestrengt, ein jeder wohl... Einer meiner Schicksalsgenossen rief, ihm zu folgen, als Hauptgefreiter der Ranghöchste, und stürmte voran. Der Lärm nahm stetig zu, bis plötzlich Scheinwerfer auftauchten. Stimmen, verschluckt vom Rattern der Panzer, Schreie, erstickt vom Röhren der Motoren. Überstürzt warfen wir uns in eine kleine Senke nahe der Höhlenwand und versuchten, uns zu verstecken, da die Fahrzeuge bereits herangekommen waren. Über uns hielt ein Transporter mit Kettenantrieb, Erde rollte auf uns herab, Befehle in fremder Sprache wurden gebrüllt. Aufgeben, Freiheit, ein neues Leben, ohne Vernichtung und Tod, damals möglich, zum Greifen nahe, heute zu spät. Da sah ich, wie der Hauptgefreite eine Handgranate nahm. Ich sah ihn an, schüttelte verzweifelt meinen Kopf, doch er hatte den Splint bereits gezogen. Ich stürzte instinktiv am Rand der Senke aus der Deckung, ein letztes Mal blickte ich in das überraschte Gesicht des Dritten, rannte einige Schritte, warf dabei das Gewehr weg. Die Explosion riss mich um, und als ich mich auf den Rücken drehte, traf ein Gewehrkolben mein Gesicht, der Rest war Dunkelheit. Ich habe nie jemandem davon erzählt, sogar den Hinterbliebenen nicht. Irgendwann konnte ich es mir dann leisten, mein Gebiss reparieren zu lassen. Es blieb nur eine Narbe schräg über die krumm zusammengewachsene Nase zurück. Ich bin zu keiner Zeit nach der Verletzung gefragt worden. Warum ich nach dem Krieg zunächst in der Armee geblieben bin? – Ich wusste unter keinen Umständen, wohin.

Unterdessen liege ich hier. Es ist heiß, die Hitze steigt an zum Höllenfeuer. Ich habe Durst, kann nicht mehr schlucken, wozu auch, es versickert alles im Wüstensand. Geh endlich!, sagt die Stimme. Dann ein Brausen in der Luft, schließlich der ersehnte Schatten, das Rauschen von Flügeln gleicht einem Orkan. Das Halbdunkel der Schwingen bedeckt mein Gesicht, danke! Der Hörsinn geht zuletzt, sagt man. Doch noch schaue ich sein Auge, das mich misstrauisch mustert. Ruckartig dreht sich sein Kopf, wiegt vor und zurück auf dem geschwungenen Hals. Er breitet die Flügel kurz aus, kommt mit einem Satz näher. Ich höre eine zweite Landung. Dann fixiert er mich, Auge in Auge, fesselt mich in der Ewigkeit mit diesem unendlichen Schwarz seiner Pupillen, der Unausweichlichkeit des Gefundenen.

Der Blick zurück

Gehetzt schaute ich mich um. Schweiß rann mir in die Augen, es brannte, Zwinkern. Unbeholfen zerrte ich den herabrutschenden Rucksack so gut es ging über die Schulter, stolperte, kam vom Weg ab und sank kurz im Sand ein.

Da! Auch der Verfolger kämpfte mit seinen beiden Rucksäcken. Er hatte gegen Ende mehr Kraft und holte auf. Ein großer, blonder Bursche, der mich frech angrinst, wenn ich den Kopf wendete. Mein rasselnder Atem kündigte die letzten Reserven an. Bei jedem Blick zurück war er näher gerückt.

Ein rosafarbener Streifen kroch über die Dünen herauf, bald flimmerte die Luft vor Hitze. Wir mussten uns beeilen, unabhängig davon, wer gewönne. Nun war der Blonde nah. Ich konnte sein Keuchen hören. Da riss der erste Sonnenstrahl die Wüstenlandschaft aus ihrem Schlaf und tauchte alles in ein sanftes Gold. Wir taumelten erschöpft eine Düne hinab, da erleuchtete der Tag das Ziel: Die Oase wuchs aus dem endlosen Sandmeer, ein gemauerter Rundbogen markierte den Eingang. Mit letzter Kraft versuchte ich, vor meinem Kontrahenten hindurch zu hechten, doch im Moment des vermeintlichen Triumphs trafen sich unsere Blicke: Unentschieden! Alles umsonst.

Schnell atmend sanken wir nieder, fielen die Rucksäcke von uns ab und ertönte das hohle Geräusch leerer Feldflaschen. „Gleichzeitig", murmelte ich vor mich hin. „Wir können uns den Sieg ja teilen", antwortete mir der Blonde schnaufend. Er stand erschrocken auf, deutete auf eine durch den Sand kriechende Schlange, auch ich eilte beiseite. Wir begannen uns genauer umzusehen und blickten beunruhigt umher: Kein Empfangskomitee? Keine Begrüßung? Im zunehmenden Licht spendeten die vereinzelt herumstehenden Palmen kaum Schatten. Wir sahen vereinzelt umgestürzte Tische, die herumliegenden Überreste einer Feier, und gingen irritiert darin umher. Müde setzte ich mich auf einen noch stehenden Tisch. Überall im Schatten der Möbel wimmelte es von Ungetier: lange Tausendfüßler, Skorpione, obendrein einzelne Schlangen.

„Vorsicht!", sprach ich zu meinem Mitläufer und deutete auf eines der Tiere, das sich um dessen Stiefel wandte. Er machte lächelnd einen gelassenen Schritt zur Seite und zeigte seinerseits auf mich. Da bemerkte ich das längliche Insekt, im Begriff sich unter dem Rucksack zu befreien und mir auf den Schenkel zu kriechen. Ruckartig sprang ich auf, verlegen grinsend zuckte ich die Schultern. Wir gingen ratlos weiter. Ein Verdacht keimte in mir auf, und ich näherte mich einer Kiste, aus der Geschirr unordentlich hervorragte. Als ich vorsichtig näher trat, verschwand das übrige Getier bis auf die zahlreichen Ameisen. Staunend griff ich mir einen Becher mit dem Aufdruck „Wüstenmarathon" und der Jahreszahl des Vorjahres. Mit großen Augen tauschten wir unsere Verwunderung aus. Fragend hochgezogene Brauen, gerunzelte Stirn, bis sich in seinem fremdländischen Blick blankes Entsetzen widerspiegelte. Das Gesicht wurde grau und fahl – wie mein eigenes eingefallenes Antlitz. Da riss uns ein Salutschuss aus der Starre, und die Musik einer Feier drang vom fernsten Ort der Oase an unsere Ohren.

Der Krieg war zu Ende, kein Marathon zwischen feindlichen Kompanien im Nirgendwo der Wüste, ein ersatzlos gestrichener Ersatz.

Der Hain des Tigers

Das Dorf lag hinter einem als Acker genutzten Hügel.. Mit seinen hellen Palisaden schmiegte es sich zwischen zwei Waldstücke, die dicht heranreichten und an manchen Stellen ihr Grün ins Innere streckten. Das kleine Tor bestand nur aus einem schwenkbaren Verschlag und man trat direkt ins Zentrum: ausgebleichtes Holz, regennasses Grau überall, ein steinerner Brunnen mit gelbem Reetdach, dessen Farbe sich auf der Handvoll Dächer der umstehenden Hütten wiederholte. Vereinzelte Feuer nassen Holzes qualmten und vernebelten den Blick in die bleichen Gesichter der Dutzend Bewohner, die ihn aus tiefliegenden, dunklen Augenhöhlen erwartungsvoll anstarrten.

Der Alte, Asche auf dem Haupt, hatte gerade geendet. Obwohl er kein Wort der an Gesten reichen, bedrückt klingenden Rede verstanden hatte, war der Appell am Ende unmissverständlich: Sein Arm, lang, gerunzelt, deutete schweigend in den Wald, ins dichte Grün. Er hob den Speer an, auf den er sich während der Ansprache gestützt hatte, machte kehrt und schritt zum Tor. Ein kleines Mädchen kam angelaufen und drückte ihm eine selbstgepflückte, verwelkte Blume in die Hand, die er nachdenklich betrachtete. Doch da er den Kopf hob, konnte er das Kind nirgends erblicken, nur bohrend schwarze Augenpaare. Er wandte sich ab und ging. Mächtig türmte sich der Waldrand auf.

Sanft schimmert das Dunkel der Pupille im klaren Gelb der Iris. Leise bewegt ein Lufthauch die grünen Blätter, die Muster auf dem hellen Boden hinterlassen. Der welkende Schatten flüstert Tod. Vater Sonne steht stille, die Dämonen schlafen in bleichen Wassern. Sanft wiegen die Muskeln den gelb-braunen Pelz, dessen weiß -schwarze Streifen ungesehen durchs Dickicht huschen und im Rhythmus der Blätter tanzen. Es ist heiß. Der Wald dampft, und Farne winken träge, fächeln Luft, die nicht zu atmen ist. Die Rufe der Vögel erlahmen bei seinem Kommen, das Gebrüll der Affen gipfelt in Stille.

Der Wald reinigt sich, das Leben ruht, der Geruch des nahen Verderbens weht durchs Gebüsch. Das Licht schreit schweigend bestialische Bilder ins Dickicht des Hains, ein verebbendes Echo im Meer des sich selbst schaffenden Reflexionshintergrunds: das Gelbe im Auge des Tigers, das Letzte, was man sieht.

Das Geräusch schleichender Tatzen drang an sein Ohr. Der Wind drehte und trug den Geruch des Tieres heran. Rascheln im Unterholz, übertönt vom Rauschen in seinen Ohren, Wasserfälle apokalyptischen Trommelns seines Herzschlags; schweißgebadet, schwer atmend, nur mit Mühe leise nach Luft schnappend, umklammerte er mit beiden Händen den Speer. Die Schlaffheit verschwand, sein Körper spannte sich. Wachheit ergriff Besitz von ihm. Das Leben pulsierte durch seine Adern, und er spürte jede Zelle des Körpers, keine Angst, keine Zeit, die lang ersehnte Ewigkeit versenkt im Augenblick. Langsam verlagerte er das Gewicht auf den linken Fuß und drehte leicht in Richtung des Tiers. Die Waffe stoßbereit, konnte er aus den Augenwinkeln die gelbe, kalt blickende Fratze des Untiers hinter einem nahen Busch ausmachen. Da brach das Ungeheuer hervor. Blitzschnell schritt er nach hinten aus, rammte den Speer in den Boden und stützte ihn mit einem Fuß, als der Tiger im Sprung die Krallen nach ihm ausstreckte. Zischend drang die Spitze ins heiße Maul des Jägers, dessen Gebrüll erstarb, da er wuchtig auf den Menschenkörper stürzte und ihn unter sich begrub.

Ein Schmerz durchzuckte seinen Hals. Das Splittern des Halswirbels verströmte einen grellen Lichtblitz im Körper. Der süße Geschmack von Blut breitete sich auf der Zunge aus. Unterlegt von röchelndem Atem, hörte er den Dschungel erneut zum Leben erwachen: Vögel, Affen, sogar das Rauschen der Blätter und das Fließen des nahen Flusses drangen heran. Ein sterbender Blick bedeckt vom gleichgültigen Grün des Dschungels.

Sawitri

Just in dem Moment, als der Mann die Hotelhalle betrat, stolperte er über eine Hundeleine. Zwei junge Mädchen, gerade mal zehn, elf Jahre alt, zerrten einen kleinen Hund hinaus. Stirnrunzelnd ging er weiter, und nach ein paar Schritten erkannte er sie:

"Sawitri?", hörte man ihn fragen. Da sie den Kopf hob, versank er in der Zeitlosigkeit ihrer schwarzen Augen. Über zehn Jahre war es nun her, doch glich sie dem Bild seiner Erinnerungen. Auch sie schmeichelte ihm, er habe sich nicht verändert, lächelte charmant. Sie verließen die Lobby und suchten sich in der nahen Einkaufspassage ein Restaurant. An einem Fenster im zweiten Stock mit Blick auf die Fußgänger nahmen sie Platz. Sie war geschäftlich in der Stadt. Die Unterhaltung kreiste um ihre Familien, sie war noch, er wieder verheiratet. Sie zeigte ihm Bilder auf ihrem Mobiltelefon. Inmitten weiterer Belanglosigkeiten streifte sein Blick erneut die zwei Mädchen mit ihrem Hund. Die beiden gingen in einen Imbissladen, er konnte sehen, wie sie ihr Geld zählten. Sawitri hielt inne:

„Später muss ich dir etwas erzählen."

„Warum später?", fragte er beiläufig, während er immer wieder nach den Mädchen schielte. Sie zögerte, spielte mit ihren langen, schwarzen Haaren. Ihre bronzene, dunkle Haut schimmerte im unsteten Licht. Begierde überzog den gläsernen Blick des Mannes. Um sich abzulenken, sah er nach draußen. Die Mädchen verließen gerade den Imbissladen, sie hatten nichts gekauft. Adrett gekleidet und mit einem gewinnenden Lächeln sprachen sie eine gehetzt wirkende Passantin an, gerade als Sawitri vorsichtig tastend hervorpresste:

„Wenn ich je meinen Mann verlassen hätte, dann damals für dich!"
Das Blut wich aus dem Gesicht des Mannes, der unruhig auf seinem Sitz

herumrutschte. Sprachlos saß er am Tisch, ziellos wanderten seine Augen umher. Nach kurzem Gespräch mit der Passantin, er konnte eines der Mädchen in Richtung Ausgang deuten sehen und vermochte die Worte „Mama" und „Geld" von ihren Lippen abzulesen, traf sein rastloser Blick Sawitris Augen. Tränen rollen über ihre Wangen. Sie griff nach ihrer Handtasche, nahm ein Papiertaschentuch heraus und murmelte verlegen:

„Du siehst, ich bin vorbereitet."

„Ich danke dir, ein großes Kompliment. Und doch sind über zehn Jahre vergangen. Ich fühlte mich stets zu dir hingezogen, doch so weit dachte ich nie. Jetzt bin ich frisch verheiratet ..." Er räusperte sich, wirkte unentschlossen. Die Passantin hatte mittlerweile ihren Geldbeutel gezückt, ein paar Münzen wechselten die Hände. Dankbare Gestik der Mädchen begleitete das Forteilen der Fremden. Nach ein paar Schritten achtlosen Schlenderns lachten sich die Mädchen an, rannten in den Imbiss zurück, den Hund hinter sich her zerrend.

„Irgendwie muss es ein Band zwischen uns geben, zwischen allem. Aber ich glaube nicht, dass uns das ... jetzt glücklich machen würde."

„Ich weiß nicht...", warf sie ein. Er lenkte das Gespräch auf Seelenverwandtschaft, die Hoffnung im nächsten Leben, die Schuldgefühle. Sie stimmte ihm vorsichtig zu und fragte ihn über den Buddhismus aus: die Inderin, aufgewachsen in den Vereinigten Staaten, auf Durchreise in dieser kleinen Stadt mit einem Bahnhof, einem Hotel und einer Einkaufspassage. Zum Abschied hielt er ihre zarte Hand, flüsterte etwas von Freundschaft und begleitete sie ins Hotel.

Das kleine Dorf

Ich bin hier geboren und werde hier sterben. Weg gewesen bin ich nie. Wie stets brennt die Sonne auf den vernarbten Beton der Straße. Der kleine Lieferwagen fährt knatternd eine letzte schwungvolle Kurve und hält direkt vor dem Gemischtwarengeschäft. Der Motor verstummt. Ein junger Mann steigt aus. Er pfeift „Donna i mobile". Sein halb langes Haar weht mit braunen Kräusellocken im Wind, als er ins Dunkel des Ladens geht. Die alte Frau hinter dem Glastresen, voll von kitschigen Souvenirs, begrüßt ihn mit „Ciao, Paolo" und dreht sich weg, um dem Angesprochenen einen Espresso zu machen, wie jeden Tag. Sie beginnen sich zu unterhalten. Plötzlich unterbricht eine Xylofonmelodie das Gespräch.

„Pronto?", nimmt der junge Mann sein Mobiltelefon. Es folgt ein kurzer, heftiger Redeschwall. Im Auflegen wendet er der Frau seine braunen Augen mit bernsteinfarbener Iris zu.

„Entschuldige, wo waren wir stehen geblieben?"

„Bist du verliebt?", fragt sie ihn. Er blickt auf ihre von einem Haargummi zu einem kurzen Zopf gehaltenen grauen Haare auf.

„Nun ja...", antwortet er verlegen und schwingt den breiten Oberkörper auf den einzigen Barhocker.

„...so ziemlich! Sie ist die schönste Frau, die ich je gesehen habe. In ihren Augen könnte ich ertrinken. Ihr Lächeln strahlt wie die Sonne, alles an ihr ist wunderbar, und doch ist sie unerreichbar", platzt es aus ihm heraus.

„Warum?"

„Sie...", er zögert, „...sie ist zu schön." Verlegen nimmt er einen Schluck aus der kleinen Tasse vor ihm.

„Sie macht sich nichts aus einem Lieferboten", setzt er hinzu.

„Ha! Warum nicht?", schnarrte die Alte wütend: „Ich erzähle dir mal was.

Es war 1950. Nachdem der Krieg vorüber war, wucherte überall das Konservative hervor, wie Unkraut, und trug den Sieg davon. Es mag seltsam klingen, doch das Unbeschwerte des Krieges, die Sorge um das Morgen, vor dem Hintergrund des plötzlich möglichen Todes am nächsten Tag, war dahin. Sicherheit war in Mode. So ging auch ich nach dem Willen meiner Mutter, mein Vater war im Krieg umgekommen, bei einem Wäschegeschäft in die Lehre. Ich wollte Schneiderin werden, doch wir kannten niemanden in der Stadt." Sie seufzt den Jungen an, der den Kopf leicht schief hält und sie auffordernd anschaut und den Espresso auf der Glasoberfläche des Tresens mit einem knirschenden Geräusch näher zu sich heranzieht. Er stützt sich mit dem Ellenbogen auf. Der Blick der klaren Augen der Alten schweift kurz umher, streift die Badesachen, das Spielzeug. Paolo seufzt ebenso:

„Erzähl weiter, heute kann ich Ablenkung gebrauchen, die Bestellung können wir später schnell machen."

„So lief ich jeden Morgen die paar Kilometer bis zur Piazza hinunter, um mit der Straßenbahn in die Stadt zu fahren. Die Lehre war schlimm. Alle Leute waren furchtbar streng. Ein Fleck auf der Bluse genügte, um für eine Woche beim Wareneingang helfen zu müssen. Die Schule war nicht besser. Die Klassenaufsicht war am schlimmsten: ein grässlicher Drache, die rechte und die linke Hand des Chefs. Immer mittwochs hatten wir Buchhaltung, mussten uns im Bürogeschoss in einem kleinen Raum einfinden, saßen wie die Hühner auf der Stange. Soll und Haben, doppelte Buchführung haben wir gebüffelt. Jeder Fehler wurde vom Drachen mit einer Standpauke vor den anderen bestraft, aber ich schweife ab." Ihre hellen Augen suchen seinen Blick, den er irritiert aufnimmt, bevor sie fortfährt.

„Das Haus hatte meerblaue Fensterläden, das einzig weiß getünchte und reparierte in der Straße war es, zumindest der Fassade nach. Ich habe zunächst Woche um Woche so zugebracht: Wäsche, Bettwäsche, Unterwäsche. Nur am Wochenende bin ich mit meinen Freundinnen an den Hafen oder den Strand. Da habe ich ihn zum ersten Mal gesehen. Ein feines Gesicht, fast aristokratisch. Ein wahrer Adonis, aber nicht zu viele Muskeln, und Lachfalten um die wunderschönen braunen Augen, in denen ich ertrinken konnte. Wir unterhielten uns bei einem Eis. Er kam aus dem oberen Teil der Stadt, sein Vater war Professor, aber jetzt nach dem Krieg war mit Archäologie nichts zu verdienen. Giovanni wollte auswandern. Wir verabschiedeten uns, hatten uns für die nächste Woche verabredet. So lernte ich ihn immer besser kennen, und er mich. Alles Spanische faszinierte ihn. Seine Freunde veräppelten ihn deswegen, nannten ihn Don Giovanni und riefen ihm ‚küssen' nach, wenn sie ihn mit mir sahen. Aber er blieb galant, liebreizend und ehrlich, so wie er wirklich war. Er machte mir selten Komplimente. Wenn aber, dann kamen sie von Herzen, und es kribbelte überall." Versonnen stützt sie ihr Gesicht auf dem Ellenbogen ab, ihre Miene klärt sich zu einem Lächeln auf, um sich schlagartig zu verfinstern:

„Doch eines Tages erschien er nicht mehr, und seine ‚Freunde' wussten nur, er müsse lernen; seine Adresse wollten sie mir nicht sagen oder wussten sie auch nicht. Dann wurde meine Mutter krank, und ich konnte mich nicht mehr um seinen Verbleib kümmern. Stattdessen pflegte ich meine Mama, und wir mussten von meinem Gehalt im letzten Lehrjahr leben, aber Onkel Carlo half uns ein bisschen. So konnte ich etwas Geld sparen, und mittwochabends, nach dem Buchhaltungsdrachen, beschloss ich, mich zu belohnen, und schlenderte durch die engen Gassen der Stadt. Nichts war billig genug, nichts benötigte ich dringend. Da fiel mir ein Plakat auf. Eine Abendschule warb für Sprachen, und so entschloss ich mich kurzerhand, einen Spanischkurs zu belegen. Aufgeregt erwartete ich den nächsten Mittwochabend, sodass ich auf Arbeit manchen Verweis einstecken musste. Das Herz schlug mir bis zum Halse, als ich endlich die schmale Treppe im Hinterhof hinunterging und in den niedrigen Raum trat. Doch freute ich mich, das erste Mal im Leben etwas nur für mich zu machen. Mein Glück wuchs ins Unendliche, als ich ihn jäh da sitzen sah, in der letzten Reihe. Und neben ihm war ein Platz frei. Ich glaube, ich habe von einer Wange zur anderen gestrahlt. So wie er zurücklächelte, sein schwarzes Haar zur Seite schob, von dem ihm eine Strähne ins Gesicht gerutscht war, freute er sich ebenfalls. An diesem Abend haben wir uns im Schein einer Laterne geküsst. Das Gefühl in der nächsten Woche werde ich nie vergessen. Immer schaffte ich es fortan, genug Geld für die Abendschule zu haben und ihn zu sehen, sein Haar zu fühlen, die Wärme seines Körpers. Er hatte sich mit seinem Vater, wenn nicht überworfen, so doch zerstritten und wollte mehr denn je auswandern, nach Mexiko. An dem Abend, als er mich fragte, ob ich mitkomme wolle, hingen dunkle Wolken über dem Vesuv, in denen ich das Bild meiner kranken Mutter aufleuchten sah." Sie blickt ihn an. Er hat mittlerweile seinen Espresso getrunken.

„Vielleicht träumte ich, dass er mich fragte, ob ich seine Frau werden wolle?" Sie zuckt mit den Achseln. „Junge Mädchen sind so! In jedem Fall, wie du siehst, bin ich geblieben. Ich habe ihn nie wiedergesehen." Und nach kurzem Schweigen: „Also zögere nicht! Frag sie! Du kannst, du wirst nichts verlieren." Paolo lacht und holt seinen Notizblock für die Bestellung heraus. Später verabschiedet er sich, jedoch nicht ohne sich zu bedanken.

Die Sonne scheint unbarmherzig hell. Der Beton der Straße wirft vereinzelt Blasen, als der Lieferwagen zielgerichtet vorfährt und abrupt anhält. Der junge Mann steigt zügig aus und eilt in den Laden. Seine Augen strahlen in einem seltenen Glanz. Er hat heute keine Zeit. Er wird keinen Espresso trinken.

Übernächtigt

Das Hallen ihrer Schritte quoll aus dem Schacht heraus und ergoss sich in die Nacht. Sie verließ die U-Bahn und stieg die Treppe hinauf. Der Wind wehte knisternd das erste Laub über den Bürgersteig. Sie blieb stehen. Das Geräusch ihrer Absätze auf dem Bürgersteig erlosch einen Sekundenbruchteil zu spät, um ein Echo zu sein.

Langsam begann sie, in Richtung des Restaurants an der nächsten Straßenecke weiterzugehen. Dessen blau-weiße Leuchtreklame erhellte die langen Schatten der Laternen, die an Seilen zwischen den hohen Häuserfronten schwebten. Schwach drang der Verkehrslärm der nahen Ringumfahrung in die Straßenschlucht. Ein Lkw-Brummen sprang von Haus zu Haus. Nach wenigen Schritten schaute sie sich so vorsichtig wie beiläufig um. Nur das zurückgelegte Stück Straße lag leer hinter ihr. Aus einem Zimmer im zweiten Stock flackerte das Flimmern eines Fernsehgeräts. Die Fahrbahn lag im blassen Dunkel der gelben Beleuchtung und tauchte den Rest des getäfelten Fußwegs ins Schwarze.

Wieder ein versetztes Echo ihrer Schritte. Instinktiv drehte sie den Kopf, warf dabei lässig ihre langen braunen Haare aus dem Gesicht, während sie zur Seite blickte. Ein Beobachter musste den Eindruck der Zufälligkeit gewinnen, doch ihr Blick war angespannt. Sie sah niemanden und beschleunigte die Schritte. Ihr Herz schlug schnell und kräftig, während sie in die Helligkeit der Hausecke an der Straßenkreuzung trat. Die Fenster der Gaststätte blickten grell in die Nacht, und Stimmen drangen aus der Kneipe an ihr Ohr. Ein Luftzug strich ihr übers Haar, als sie ohne stehen zu bleiben um die Ecke bog. Ihre schlaksige, in einen Mantel gehüllte Gestalt eilte vorbei an den Auslagen der Schaufenster gegenüber. Noch hundert Meter, doch dunkel lag der Weg vor ihr, eine Laterne war ausgefallen.

Der Wind trieb Wolken vor den Mond. Übriges Licht tropfte zäh aus ein paar Dachgeschossfenstern auf die Straße. Auf dem Bordstein verengten geparkte Autos den Weg. Die einsickernde Stille rauschte in ihren Ohren. Sie räusperte sich, nur um etwas zu hören. Als sie einen Baum passierte, der den einsamen Rest an Helligkeit schluckte, umfing sie Friedhofsatmosphäre, jedes Auto ein Grabstein. Sie fröstelte. Die U-Bahn war leer gewesen, zu leer.

Jäh ein Husten! Kein zufälliges, nein! Klar und deutlich: eine absichtliche Kunde von Anwesenheit in der Stille der Nacht. Schlagartig pumpte ihr Herz aufgeregt Blut in ihre Schläfen, stieg ein Prickeln in ihren Gliedern auf. Schnell, wie es gekommen war, explodierte es pochend in ihrem Kopf und hinterließ eine bleierne Lähmung in Armen und Beinen. Erschrocken blieb sie stehen und drehte sich um. Dabei drückte sie ihre Handtasche mit dem Ellenbogen dichter an den Körper. Ja! Da konnte sie durch das Leder hindurch die Spraydose an der Innenseite ihres Armes deutlich fühlen. Das harte Metall katapultierte sie ins Jetzt dieser Nacht.

Sie schlägt den Mantelkragen nach oben, während sie zum Baum zurückblickt. Gebannt starren ihre Augen in die Dunkelheit, bis sie sich daran gewöhnen. Ihr Mund ist trocken. Der Durst will sie weitertreiben, da entdeckt sie eine Gestalt im Schatten an der gegenüberliegenden Seite der Kreuzung. Schnell wendet sie sich ab und geht zügig weiter. Die Trockenheit des Mundes hat einen Kloß im Hals erzeugt, der ihr beim Schlucken leichte Schmerzen bereitet. Das Schlagen ihres Herzens verstärkt das Gefühl der Beklemmung. Jeder Schritt lässt sie ihre kalten Füße spüren, Bleiplatten an den Sohlen, die Hände kalt, feucht, und doch ist ihr ganz heiß. Sie lockert das Halstuch, um mehr Luft zu bekommen, und eilt weiter. Nun sind die Schritte hinter ihr deutlich zu hören. Während sie mit der Linken in der Handtasche die Schlüssel zu ertasten sucht, stößt sie mit den Fingern an die kalte Metalloberfläche des Tränengasbehälters. Sie hört das Auto kommen, sieht die Gestalt auf der Straße, die im Kegel der Scheinwerfer anfängt, über die Fahrbahn zu laufen. Doch der Geländewagen biegt ohne zu blinken ab. Jetzt ist der Mann direkt hinter ihr, höchstens ein paar Meter, sie kann seinen Atem hören.

Ihr Gesicht erstarrt, hektisches Atmen. Die hohe Stirn verzerrt in Falten, die schlanken Wangenknochen treten verkrampft hervor, und die aufgerissenen Augen lassen das Gelb-Braun der Iris ins Dunkel der Pupille sickern. Das tiefe Schwarz sich überschlagender Vorstellungen, jede in Sekundenbruchteilen durchlebt, verworfene Realitäten, Eindringen in einen Kosmos aus Angst.

Ich will schlucken, mich räuspern, doch bin ich vollständig gelähmt. Nur meine Beine arbeiten zuverlässig. Jetzt letzte schnelle Schritte bis vor die Haustür. Da! Wieder das Husten, ein arrogantes, unbestimmtes Husten der Gedankenlosigkeit. Eine unbeholfene Anmache wäre wohl noch das Beste. Ein Stolpern. Reiß die eine Hand aus der Tasche! Dabei mit rechts auf den Lichtschalter drücken! Oh mein Gott, hoffentlich passiert mir nichts. Vater unser ... Quatsch, bin doch gar nicht gläubig. Mir ist heiß. Schreckliche Szenen ... alleine auf einer Polizeiwache, blutend, gedemütigt, verlassen. Wut ... nein! Jetzt Logik! Ich könnte um Hilfe rufen.

Erleichterung springt aus dem Hauseingang und breitet sich in mir aus. Ich halte den Schlüssel in der Hand. Der Gedankenstrudel hört auf sich zu drehen und schleudert mich ans Ufer. Mit aufgerissenen Augen versuche ich, gleichzeitig die Haustür aufzuschließen – *finde das Schlüsselloch nicht* –, und in meiner Atemnot – *warum verdammt, bekomme ich keine Luft?* – versuche ich, nach hinten zu blicken. Doch der Dunkle ist schon heran!

„Guten Abend!", tönt seine sonore Stimme, während er zielstrebig an mir vorbeigeht und auf seinem Weg wieder schnell vom Dunkel verborgen wird. Ich atme tief durch, endlich Luft! Kühle strömt in meine Lungen. Beruhigend gleitet der Schlüssel sanft ins Schloss, und mein hämmernder Puls geht zurück. Nie kam mir das kalte Licht im Treppenhaus so schön vor. Ein paar Schritte noch, dann Sicherheit. Zu

Hause, alles ein Missverständnis, noch einen Tee, eine warme Dusche und dann ins Bett.

Letzte Schritte, Tür ... Schlafen – laszives Träumen:

Geräusche der U-Bahn vermischen mit den springenden Echos von Schritten auf der anderen Straßenseite. Es mussten zwei Männer gewesen sein. Sie geben sich gegenseitig Alibis. Wieder eine schlaflose Nacht.

Eine *unanständige* Frau

Ihr Name war Joana.

Sie fiel mir auf, als sich die erste Traube aus Managern um sie gebildet hatte: Wie ein Magnet zogen die langen blonden Haare (natürlich gefärbt, aber das fiel mir erst später auf) die Männer an. Sie war jung, schlank, charmant, klassisch gekleidet: Kostüm, viel Schwarz. Sie war Rumänin. Bei den Antworten tanzten ihre vollen Lippen elegant in dem länglichen Gesicht, dessen eng stehende, tiefbraune Augen Wärme bei einem hinreißenden Augenaufschlag versprühten. Viele Blicke wandten sich der Taille und den ebenmäßigen schlanken Beinen zu, High Heels. Meiner auch! Leider wurde ich ihr in diesem Moment gerade vorgestellt und riss hastig meine Augen von den zarten Knöcheln los, um unter langen Wimpern nach ihrem Blick zu haschen. Sie war eine der Frauen, die weiße Strümpfe tragen konnten und immer noch durch die Schlankheit der Beine bestachen. In einer unbeholfenen Geste streckte sie die Hand vor, sehr auf ihre Anmut bedacht, und ihr leichter Silberblick fixierte mich. Während ich meinerseits den Arm hob, versuchte ich, jedes Detail ihres Körpers in mir aufzusaugen.

„Hi, nice to meet you." Eine sanfte Stimme ohne besonderes Timbre, aber ein leichtes Schmunzeln umspielte ihre Mundwinkel. Höflich erwiderte ich einige Floskeln. Meine Gedanken jedoch kreisten um das Gefühl der zarten Hand in der meinen. Ich kann mich nicht einmal mehr erinnern, was ich zu ihr sagte, den Gesprächen der Gruppe folgte ich ebenso wenig. Sie war einen Kopf kleiner als ich, wirkte zierlich. Für den Rest des Abends war ich damit beschäftigt, mir auszumalen, wie es wohl mit ihr so wäre. Und wie ich es am besten anstellen solle. Doch die Männerwolken, die sich in ihrem Umkreis bildeten, hielten mich zurück, stießen mich ab. So stand ich ratlos herum, mal in dieser, mal in jener

Ecke in ein belangloses Gespräch verwickelt. Während meine Augen rastlos suchend durch den Raum hetzten, nur, um die ein oder andere Augenblicksaufnahme von ihr zu erhaschen. Damals wusste ich noch nicht, dass gerade dieses Desinteresse das Gegenteil hervorruft.

Am nächsten Abend konnte ich am Buffet mit ihr essen. Wir waren vom Getümmel zufällig an dieselbe Stelle gespült worden. Nach zwei Minuten wusste ich, dass sie neunundzwanzig war und ich ihr geschmeichelt hatte, da ich ihr Alter fünf Jahre zu niedrig geschätzt hatte. Das war zu einfach! Irgendetwas in mir schrie laut: „Alarm!" In dieser Phase der Unaufmerksamkeit verriet ich ihr unvorsichtigerweise mein Alter, was ihr Interesse dämpfte, so ich ihren Gesichtsausdruck richtig deutete. Egal, immerhin waren wir die zwei einzigen Individuen, die im Einheitsbrei der Konferenz aus Stoffhosen, gestreiften Hemden und seriösen Anzügen hervorstachen. Den Rest des Stehempfangs war ich geschäftlich in Anspruch genommen. Danach war sie nicht zu erblicken, die Müdigkeit tat ihr Übriges, und ich ging zu Bett - ohne Ruhe zu finden.

Schon immer wollte ich mit so einer Frau schlafen. Aber ich kannte mich: Legte ich es darauf an und krönte meine Bemühungen mit Erfolg, könnte ich mit den Gewissensbissen nicht leben. Unmoralisch? Nun ja, ich bin ja nicht verliebt in sie. Karma? Ja, das trifft es vielleicht am ehesten. Der Drang, seine Gene im Universum zu verstreuen, eine Spur zu hinterlassen. Das ist der Drang der Begierde. Meine Transzendenz im Berühren ihres Körpers wiederzugewinnen, mein eigenes Sein zu vergessen, als Objekt für den anderen. Der Geschmack ihrer Haut, meine Zunge über ihre Beine gleiten zu lassen, meine Freiheit zu gewinnen, indem ich sie zum Objekt meiner Lust mache. Meine Existenz rechtfertigen und gleichzeitig meine Unschuld vernichten und ... lügen. Das Bedürfnis, geliebt zu werden, kann ich mir nur selbst erfüllen. Auch sie ist anständig. Das Bild ihrer Beine lässt mich nicht los ...

Die Einsamkeit dringt tiefer in meinen Körper ein. Die einzige Berührung war das zwanghafte Händeschütteln tagsüber. Die verspieltverschnörkelte Einrichtung des Hotelzimmers, eine Imitation des viktorianischen Ambientes, vermischt mit Rokokoelementen, verbreitet eine geschmacklose Gemütlichkeit, die an der Heimatlosigkeit des Zweifelns zerspringt. Gnadenlos treibt mein Herz in hartem Pochen das Blut voran. Ihre Haut wäre auch nur Haut, zarter zwar, duftend, um mich selbst zu finden. Warum setzt dieser Trieb alles Rationale außer Kraft? In einem anderen Film würde Mann aufstehen, anrufen, die Bar, und so weiter ...

Am nächsten Tag suchte ich das Gespräch mit ihr. Ihr Anblick in schwarzen Strümpfen war hinreißend, obwohl das von den Stöckelschuhen erzwungene Schwingen ihrer Hüften darin übertrieben wirkte. Mein Cogito verschmolz erneut mit meinem Körper. Wir sprachen zunächst über Geschäftliches. Allein ihr Anblick genügte, um der Begierde Macht über mein Bewusstsein zu geben. Ihr Sieg war triumphal, obwohl mein Geist einzuschreiten suchte. Das Ego ist willenlos und doch allmächtig, wenn es sich mit dem Trieb identifiziert. Stimulanz kann unanständig sein.

Am letzten Tag war der Saal dunkel. Das Glimmen der indirekten Beleuchtung zauberte einen orangenfarbenen Sternenhimmel an die klassizistisch verzierte Decke. Sie saß ein paar Reihen weiter hinten. Ihr Gesicht leuchtete im Widerschein des Bildschirms ihres Mobiltelefons: bleiche Stadionscheinwerfer auf den Wangen, in sich zusammengesunkene Entzauberung.

Morgen ist der Rückflug.

Die Vergebung

Ich erinnere mich, wie ich im Kindergartenalter am Tisch saß, aufgeregt den Anschlägen der Schreibmaschine lauschte, an der meine Mutter saß und das von mir Diktierte in schwarze Buchstaben meißelte. Noch stotternd las ich das Geschriebene. Ich habe vergessen, warum ich damit aufhörte. Vermutlich hatte Mama keine Zeit mehr, oder ich fand anderes interessanter. Dann taucht in der Erinnerung das Bild eines Klassenzimmers auf, neunte Klasse, Pubertät. Zu Beginn der Deutschstunde lagen Bücher, die ich gerade las, auf meinem schmalen Tisch . Fein säuberlich, oben links vom Heft angeordnet, mit dem Rücken nach außen, dass alle es lesen können.

„Ulysses liest du?", fragte prompt die Lehrerin. Mit meinen fünfzehn Jahren nickte ich selbstzufrieden, nicht ohne mitschwingen zu lassen, ich sei von dem geheuchelten Interesse ja doch nur genervt. Die folgende Unterhaltung habe ich vergessen; nicht die Anfeindungen, die seitens mancher Mitschüler folgten. Insbesondere nachdem ich mich mit einem Lehrer eine Viertelstunde allein über Macbeth unterhalten hatte, weil ich der Einzige war, der wusste, wovon der Lehrer sprach und worauf er hinaus wollte. In einer Elternsprechstunde half er einmal meiner Mutter in den Mantel mit den Worten, man merke eben doch, wenn in einem Hause noch gute Literatur gelesen werde. Sie antwortete nicht, erzählte sie, dachte wohl an Konsalik. Einmal lieh ich einem Englischlehrer englische Lyriktexte von Poe, danach habe ich keine Erinnerungen mehr. Alles verblasste in Studium und Beruf. Natürlich Ingenieur, Philosophie hätte mein Vater nicht bezahlt: „Da kannst du ausziehen und schauen, wo du bleibst!" Bleibt nicht viel zu erzählen: Heirat, Kinder, Scheidung.

Wahre Geschichten schreibt nur der Zufall. Historie findet ihren Niederschlag nur im Schicksal eines Einzelnen. Dessen Verwicklung in eine vermeintlich unaufhaltsame Kausalkette an Ereignissen spiegelt eben nicht das Wahrhaftige in einem Menschenleben wieder. Jene Geschichte lächelte über Eurokrise und Finanzwahn, wäre nicht die Existenz der individuellen Würde in Gefahr.

Agamemnon war jener König von Mykene, der seine Tochter Iphigenie opfern musste, um seine Prahlerei über einen (von Artemis verbotenen) Jagderfolg zu büßen. Dies musste er tun, damit sein Heer nach Troja weiterfahren konnte. Weiter ging die ganze Sache gründlich schief: Wie uns Goethe erzählt, wurde Iphigenie nach Tauris entrückt. Auch beim anschließenden Krieg ging vieles daneben. Der König und seine Männer kamen schwer unter die Räder, und so mancher Held ließ das Leben auf dem Feld der Ehre; stellvertretend sei Aias erwähnt. Unter Zuhilfenahme fremden Ideenmaterials in Form eines großen Holzpferdes gelang dann doch der Sieg. Urheberrechte einzufordern, fiel Odysseus noch nicht ein. Auch wenn er heute mit diesem Stammvater aller fälschlicher weise sogenannten Trojaner direkt selbst die Bankabbuchungen vornehmen könnte, um die griechische Finanzmisere zu beheben.

Wer so viel auf sich lädt, hat eine schwere Heimreise, vom Heimkommen ganz zu schweigen. Gestunken wird er schon haben, nach so viel Gemetzel, da nahm Agamemnon auf Anraten seiner Frau Klytaimnestra ein Bad, bei dem ihn der Liebhaber der zukünftigen Witwe und Ex-Gemahlin, Aigisthos eben, kurzerhand ermordete.

Oh! Was mussten die armen Kinder leiden unter dem Regiment ihrer schuldgeplagten Mutter. Da erschlug Orest seine Mutter aus Rache für den Vater, was den Frevel wider die Götter (nach deren Ansicht) nicht minderte. So jagten ihn die Erinnyen rastlos durch ganz Griechenland, bis er seine Schwester Iphigenie erlöste und zwecks ausbleibender Fürsprache seitens Artemis von Athene entsühnt wurde, so genau weiß man das nicht mehr ... Die Vergebung der Frauen: erst eingebrockt, dann exkulpieren.

Sonnenbeleuchtet ruhen große Frachter im Blau auf der dünnen Wasserhaut des Horizonts. Palmblätter im Wind singen ein Lied von dir. Zart färbt Helios das goldene Horn, sanft im aufklarenden Dunst der Dämmerung hallt vom Taurusgebirge das Echo von Trojas Fall herüber. Ich bin aus missratenen Geschäften wiedergekehrt, nichts ahnend überfallen von der Erinnerung an dich, dein asiatisches Gesicht mit den blauen Augen.

Im rosa spiegelnden Licht fährt unsere Fähre übers Marmarameer. Die Schaumkronen verschluckt das Grün der Dünung, wie einst unsere Liebe. Ertrunken in den Stürmen des Lebens, erschlagen vom Rettungsring der Therapie. Das leicht geschwungene V der Möwen zieht dahin, immer höher getragene Erinnerung, die meinem Blickfeld entschwindet. Nächte im Basar; Tanz im Glück; beerdigt im Wind, der das Meer zaust, kitzelt und dabei lacht.

„Wir kommen aus dem Meer, und wir gehen ins Meer", sagtest du immer und hast zu Schalmei und Trommeln getanzt. Die Lyra sang unser Lied, und nun habe ich die Melodie vergessen. Ich habe nicht vergeben, da es dieser Anmaßung nicht bedarf.

Jetzt versuche ich es erneut: Man tituliert mich als „Autor" in Briefen von zwielichtigen Verlagen, ich werde im Schlaf verfolgt von Rachegöttinnen, die Sühne verlangen für meinen ausgetretenen Weg.

„Wir freuen uns, Ihnen mitteilen zu können, dass Ihr Gedicht … blabla … ausgewählt wurde. Ihr Name wird in Verbindung … bla bla bla."

Ein cleveres Geschäftsmodell: Einfach den Namen einer einst renommierten Gesellschaft verwenden, besser noch etwas ähnlich Klingendes, einen angeblichen Wettbewerb im Internet. Einen Upload von Texten einzurichten, um dann in einer Anthologie so viele Autoren zu vereinen, dass keine Freiexemplare mehr drin sind, aber jeder Autor ein eigenes Exemplar bestellt und somit eine ausreichende Auflage garantiert. Per Knopfdruck in die Druckvorlage. Nächstes Mal nehme ich wie folgt teil, gedruckt wird's in jedem Fall:

Für C...

Armer Depp,
es ist nur Nepp.
Egal, im Gedicht
Nur ein Wicht
...

Die Nacht verdeckt die ankernden Schiffe, schluckt den Spiegel der grauen, dunklen See, verschlingt die letzten Erinnerungen, verbirgt die fälligen Kredite und Zinseszinsen, beerdigt das Scheitern von Erfolgsträumen. So wird es sein, wenn ich tot bin. Aufstehen, gehen ... das Geräusch der Brandung wird lauter.

Insolvenz

„Du auch hier?", fragte ich überrascht, als ich das bekannte Gesicht im Gewimmel erblickte. Doch sein Name wollte mir partout nicht einfallen. Während er mir aufgelöst erzählte, man hätte ihm die Herrenhandtasche gestohlen, musste ich das erste Grinsen unterdrücken und tastete unauffällig nach meinen Geldbeutel in der Hosentasche. Ich trage ihn immer vorne links, dann kann ich lässig und sicher herumschlendern.

Jedenfalls war sein Wortschwall inzwischen bei irgendwelchen Luftballons angelangt. Er habe neben dem Kinderwagen gestanden und mit der Mutter geplaudert, dann plötzlich die Handtasche vermisst –, da fiel mir sein Name wieder ein: Armin!

Armin war immer zu nett gewesen. Wir arbeiteten in derselben Firma, vor der Insolvenz, er als Controller. Armin hob die Stimme:

„Und dann platzt der Luftballon, und ich will ihn natürlich bezahlen und: ... GELD WEG!"

„Komm! Wir gehen erst mal einen Kaffee trinken", versuchte ich, ihn zu beruhigen. Wir traten aus dem kalten Wind und dem Menschenstrom der Einkaufspassage heraus in die Kolonnaden. Ich deutete auf ein Café, nur ein paar Meter entfernt. Er nickte dankbar, zog den abgetragenen Mantel enger und ging voran. Ich musterte ihn unbemerkt, auch seine Schuhe waren nicht mehr so elegant wie früher. Beim Eintreten verschlug es mir den Atem: verwinkelte Räume, links ein weißes Klavier, jeder Tisch anders, mit unterschiedlichen Stühlen und Sesseln. Grüne Wände, kein Fleck frei von Bildern, Postern oder Fotografien; ein „van Gogh", Expressionistisches, Bedeutungsloses, alles vom düsteren Licht einiger Kandelaber und einzelner Kerzen beleuchtet.

Als wir uns ans Fenster setzten, schaute ich in seine klaren blauen Augen. Das blonde, dünne Haar war vorne schütterer geworden, und die dunklen Augenringe meinte ich, früher nicht bemerkt zu haben. Er wollte gerade zum Sprechen ansetzen, da die Bedienung an unseren Tisch trat. Ein junges Mädchen mit dem Namensschild Rosemarie. Ich bestellte augenzwinkernd zwei Bier. Armin dankte mit einem Lächeln.

„Das kann ich jetzt echt gebrauchen." Plötzlich lachte er schallend los, schlug mit der Hand auf die glatte Holzoberfläche des Tisches. Nur die glänzenden Augen zeigten eine Sprache nahender Tränen.

„Wenigstens ist mir keine Kreditkarte abhandengekommen." Seine ebenmäßigen Züge verzerrten sich unter Sorgenfalten, und verschmitzt fügte er hinzu: „Ich habe nämlich keine mehr!" Ich fragte ihn, wie es ihm ergangen sei, die Jahre nach der Insolvenz. Ein Aufflackern im Blick antwortete mir. Verklärt blickte er zum gerade servierten Bier.

„Zunächst eigentlich gut. Der Job in A. war okay, aber zu weit weg. Und hier gab es nichts. Du weißt ja, wie das war."

Ich sann über den damaligen Arbeitsmarkt nach. Die Aktienkurse der Unternehmen trieb man durch Entlassungen nach oben. Niedriglöhne und Zeitarbeit hatten geblüht, die gnadenlose Konkurrenz der Zwanzigjährigen, sechs Sprachen, Master statt Dipl.-Ing., Dr. rer. nat. ohne Plagiatsverdacht, deren puritanisches Motto „Leben, um zu arbeiten" war. Die Politik? Technologie blind, verwaltete zukunftsarmen Mangel.

Ich sagte nichts.

„Also bin ich gependelt", fuhr er fort. Wir prosteten uns zu, und er sagte traurig, mit Schaum an den langen Lippen:

„Nur meine Frau ...", er kam ins Stocken, winkte wie beifällig ab. Man sah, es fiel ihm schwer.

„Jedenfalls war meine Ehe nach den 60-Stunden-Wochen kaputt. Gerade als wir uns getrennt hatten, das Geld knapp war, setzt mich die neue Firma wieder auf die Straße!

„Was?", rief ich mehr, als dass ich es fragte.

„Ja, schon wieder! Natürlich bin ich hierher zurückgekommen. Das Apartment war ja leer, meine Frau hatte alles mitgenommen." Er wurde still, schaute in sein halb volles Glas.

Frauen geht es um Macht. Kommt wohl vom jahrtausendealten Patriarchat. Man bemerkt es beim Streiten. Durch ihre vollständigere Sozialisation erfassen sie Situationen und Gefühle schneller. Als unterdrücktes Geschlecht haben sie gelernt, jede freie Lücke an Argumentation und Energie gnadenlos auszufüllen. Und das nutzen sie aus. Aber je öfter man sich trennt, desto leichter wird es. Wahrscheinlich haben wir Männer den ausgeprägteren Selbsterhaltungstrieb in Sachen Liebe.

Ich sagte nichts. Jedenfalls, wenn ich mich jetzt erinnere. Vielleicht sagte ich aber auch etwas Beiläufiges.

„Mein letztes Geld habe ich dazu in Fortbildungen gesteckt", sprach er weiter. „Das Arbeitsamt zahlte sogar einen Kurs über das ‚Lotusblütenprinzip', aber als *Financial Controller* eines insolventen Ex-Arbeitgebers hat man schlechte Karten. Wollte auf Mikrocontrollerprogrammierung umsteigen, aber Uniabsolventen sind billiger. Drei Monate noch, dann muss ich auf Sozialhilfe."

„Hartz IV", verbesserte ich, und um ihm Mut zu machen, setzte ich hinzu: „Kannst auch Wohngeld beantragen."

„Nein, zuerst muss ich das Apartment verkaufen. Der soziale Abstieg ist nicht mehr zu vermeiden, wenn nicht bald ein Wunder geschieht." Er zögerte, seine schlanken Finger trommelten nervös im flackernden Licht auf der Tischplatte.

„Weißt du nichts?", und er blickte mich hoffnungsvoll an.

Ich schüttelte bedauernd den Kopf und dachte an diesen Markt aus Maklern der Unzulänglichkeiten: ihre Versprechungen, die Gefühle des „Nicht-richtig-Seins" aufheben zu können, indem sie zuvor die Hilfsbedürftigkeit ihrer Klientel per se konstatieren. Ziehen den Gebeutelten den letzten Cent aus der Tasche. Wenn es nicht um die Verbesserung der persönlichen Fähigkeiten geht, so macht man die Eigenschaften des Individuums zu Geld, indem man sie systematisch demontiert. Vermarktete Ästhetik, „Beauty-Defect-Repair": Hässlichkeit heißt jetzt Mangel, Abwesenheit von Schönheit. Nicht der Norm entsprechen ist ein lebender Defekt, eine heilbare Krankheit. Das wahre Bewusstsein für Schönes stirbt jedoch ab.

Aber außer den Kopf zu schütteln sagte ich nichts, und so fluchte Armin resignierend weiter:

„... verdammt, und jetzt sind noch meine Brieftasche, Schlüssel und alles andere weg!"

Ein Tränenausbruch stand kurz bevor, Verzweiflung huschte zuckend über seine Lippen, da trat eine Frau an unseren Tisch. Jung, groß, lange schwarze Haare, spitzes Gesicht mit langer Nase, entschuldigte sie sich wild gestikulierend, die Handtasche habe im Netzboden des Kinderwagens gelegen. Draußen warte eine Freundin namens Linda, sie müsse weiter. Ich blickte hinaus zum Wagen: Zwei Luftballons tanzten angebunden im Wind.

Armins Gesicht strahlte glücklich, sein ganzer Körper richtete sich im Sitzen auf, da er die ersehnten Schlüssel in der Hand hielt. Er bedankte sich überschwänglich bei der Frau, die es eilig nach draußen zog. Dann lud er mich großzügig ein. Peinlich berührt nahm ich an, verabschiedete mich dann aber schnell, nicht ohne ihm alles Gute zu wünschen.

Der Wind umklammerte mich kalt. Im Fenster sah ich sein fassungsloses Gesicht, als er seine leere Brieftasche öffnete. Kurz flackerte in der Scheibe mein Spiegelbild auf. Bevor Armin Hilfe suchend den Kopf hob, ging ich schnell weiter.

Schweigen

Einsam saß der Wanderer auf einem Baumstamm am Wegesrand und lauschte mit zur Seite geneigtem Kopf. Das Gesicht des Alten entspannte sich, als er über die Weinberge blickte. Er zog ein Taschenmesser hervor, mit dem er zu spielen begann. Der Zikadengesang lullte ihn ein, ein leichter Luftzug kühlte ihm die Stirn. Die Sonne fiel bald auf ein verfallenes Schloss, dann auf eine Allee aus Pinien.

Der Schleier unwirklicher Dämmerung breitete sich aus fern dahineilenden Wolken am Horizont vor dem hellen Blau des Himmels aus. Da drang der Ruf eines Kuckucks an das Ohr des Mannes, und Erinnerungen huschten über die Runzeln seiner sonnenzermürbten Haut. Es war das Erinnern einer alten Weisheit, der Ruf dieses Vogels zähle die Jahre, welche einem verblieben. Lächelnd betrachtete er das Messer in der Hand. Des Vogels Schrei erscholl, und er ritzte die erste Kerbe ins Holz. Dies wiederholte sich, doch dann verstummte der Kuckuck. Dem Wein der Jugend eingedenk, verharrte der Mann, und die Zeit wiegte die neidvolle Stille. Ein sterbender Himmel trieb die Grillen zu Bette, doch der Mann harrte aus. Nahendes Grollen drang heran, und Wolkengetürm verschlang das letzte Licht. Der Wanderer horchte weiter. Stille senkte sich über Berg und Tal. Mit aufgerissenen Augen starrte der Alte auf die Kerben, hob zitternd den Kopf, schnüffelte in der Schwüle des nahen Gewitters, wartete starr, ohne Bewegung. Alle Vögel verstummten, nur das rollende Donnern hörte er. Zornesröte trieb ihm Tränen ins Auge, und stumme Schreie entflohen seinen Lippen. Nur das Rauschen des Windes antwortete ihm. Das Zucken der Blitze hob den Schleier des Dunkels von dem prasselnden Regen und gab den Blick frei auf den ohnmächtig

Ausharrenden. Eine Hand klammerte sich an die Kerben des faulen Stammes.

Am darauffolgenden Morgen fanden Weinbauern die verkohlte Leiche und bestatteten den Namenlosen auf dem nahen Friedhof. Ein schlichtes Holzkreuz lauscht noch heute dem Ruf des Kuckucks, und drei Kerben zieren es.

Überall und nirgends

Der Regen hat mich herein getrieben. Stickige, warme Luft schlägt mir entgegen, erfüllt vom Geruch nach fettiger Pizza. Niedrige Tische mit zwei bis drei Stühlen auf einer Empore, dahinter braune Holztäfelung. Ich setze mich, bestelle Pizza und ein Wasser, werde schnell bedient. Nach ein paar Bissen versinke ich in meinem Buch.

Da bemerke ich, wie sich ein Mann mir gegenüber niederlässt. Er bringt eine Eiseskälte mit. Als ich aufsehe, ist der kleine Laden voll: schräg gegenüber eine schlanke, nein magersüchtige Blondine, weiter hinten eine Mädchengruppe, kaum Männer; alle essen. Mein Blick bleibt bei dem Mann an meinem kleinen Tisch hängen. Er trinkt ein Bier. Unter einem rötlichen Haarschopf und über einer dicken Nase schaue ich in grüne Augen. Er prostet mir zu und führt das Glas an die lächelnden Lippen, starrt zurück. Doch seine Augen irritieren mich mit ihrem scharfen Ausdruck. Ich versuche weiter zu lesen, obwohl mich fröstelt. Da fällt mir auf, was mit ihm nicht stimmt: Die Pupillen sind nicht rund. Sofort muss ich ihn wieder ansehen; ich blicke auf, und ja ... die dunklen Punkte sind längliche, senkrechte Schlitze. Fragend hebt er die Augenbrauen, verlegen schaue ich in mein Buch. Ich schäme mich. Die Blondine nebenan fragt, ob sie den Pfeffer von unserem Tisch haben dürfe. Der Unbekannte und ich greifen eilig nach dem Streuer, unsere Hände berühren sich flüchtig. Ich zucke zurück, doch in diesem Sekundenbruchteil überfluten mich Bilder:

Da sind diese Augen, sie gehören einer Frau. Ich liege auf ihr, stoße mein Fleisch in ihres; ein Gong wird geschlagen. Zwischen schweren Brüsten liegt ein goldenes Amulett, eine Sphinx auf ihrer dunkelbraunen Haut.

Dann ein Scheiterhaufen, die Augen starren gen Himmel, die senkrechten Schlitze weit aufgerissen. Die Flammen schlagen hoch, ich höre die Schreie, das Feuer frisst an den Beinen, die Haut schält sich, Bocksbeine treten hervor. Das Schreien ist nichts als Gelächter, endlos. Da erreichen mich die Flammen.

Dann bin ich gefesselt, sie haben einen Draht durch meine Handflächen gestoßen und an einem Strick festgebunden, zerren mich damit vorwärts. Als wir im Wald ankommen, bindet mich jemand los, zieht geschickt den Draht heraus. Es macht ein schlürfendes Geräusch. Ich blicke in Schlangenaugen, als man mir einen Spaten in die Hand drückt und sagt:

„Grab!", während eine behaarte Hand in Richtung einer halb vollen, vor Kalk staubenden Grube zeigt.

Die Bilder ebben ab, der Lärm der anderen Gäste holt mich zurück. Schweiß hat sich auf meiner Stirn gebildet. Ich fühle Tropfen von meinen Achseln hinunter rinnen, habe Angst, dass ich stinke, zupfe am Hemd unter meinen Schultern, aber mich friert immer noch.

„Und... bereit?", fragt mich der Fremde in verbindlichem Ton.

„Ich wüsste nicht, dass wir uns kennen", antworte ich unfreundlich. Ein Schmunzeln gleitet kurz über sein Gesicht. Ich denke, ich muss meine Medikamente anders dosieren, da flammen die Schlitze in seinen Augen auf. Ich höre seine Stimme, obwohl sein Mund unbewegt bleibt:

„Verstelle dich nicht! Die Zeit ist um!"

„Sie spinnen ja!", fährt es aus mir heraus, oder denke ich es nur? Der Kellner räumt ab. Ich ergreife die Gelegenheit und nehme mit meinem verbliebenen Glas an dem frei gewordenen Ecktisch Platz. Als ich mich setze, ist der Fremde bereits neben mir und sagt in freundschaftlichem Ton:

„Ich kann gerne später wiederkommen." Eine eigenartige Kälte ergreift mich. Sie scheint von dem Mann auszugehen, dessen Atem man beim Sprechen sehen kann. Ich denke „*... am besten gar nicht wiederkommen!*" Als ob er mich gehört hat, sitzt der Mann plötzlich bei den italienischen Mädchen am Tisch, die laut über seine Scherze lachen. Ich meine, seine Zunge zu sehen, wie sie über ihre Wangen, ihre Brüste und Beine gleitet, doch die jungen Frauen bemerken nichts. Angewidert wende ich mich ab, doch da sitzt er schon bei der hageren Blondine am Tisch, hat sie in ein Gespräch verwickelt. Sie neigen die Köpfe zueinander, ich denke, gleich küsst er ihre vollen Lippen, die unter den eingefallenen Wangen rot glühen.

Ich stehe auf, mein Herz klopft. Fragend sehe ich mich um: Niemand scheint etwas zu bemerken. Schnell ziehe ich einen Zwanziger aus der Tasche, lege ihn beim Hinausgehen vorne auf den Tresen, stürze hinaus. Der Regen hat zugenommen, es windet. Ich zwänge mich in meine Jacke, renne eher als zu gehen. Pärchen kommen mir von einer Tanzschule entgegen. Manche stehen küssend unterm Schirm, eng gedrängt an den Häuserwänden. Bunte Kleider, Röcke, Beine, Fleisch, auch ihnen ist kalt; wo sollen sie auch hin in der Not ihrer Bedürfnisse? Gegenüber ein Kino, ich will über die Straße, da rempelt mich ein Paar an: die Blondine aus der Pizzeria. *Er* hält sie im Arm. Ich taumle unsicher, höre mich rufen: „Lass sie in Ruhe!" Ich fühle mich mutig, der Schwindel lässt nach. Ich taumle entlang des Rinnsteins, als mich das Auto erfasst, und ich sehe noch ein Aufleuchten in seinen grünen Augen.

Ich komme in einem Krankenhaus zu mir. Grell brennt eine Neonröhre in meinen Augen. Eine Gestalt beugt sich über mich:

„Na, da haben Sie ja noch mal Glück gehabt. Sie müssen mit der Dosierung besser aufpassen. Ich bringe Sie jetzt auf Ihr Zimmer." Das Bett rollt voran, mein Bewusstsein eilt nach: Der Gang gleitet an mir vorüber, kahles Grau. Eine Fahrstuhltür öffnet sich. Eine rötlich behaarte Hand drückt die Taste H. Die Tür schließt sich.

„Versuchen Sie, etwas zu schlafen", sagt der Pfleger und zwinkert mir mit grünen Augen zu.

Da kommt sie zu sich und taucht in ihre Welt ein. Der letzte Aufruf des Fluges längst verhallt. Die Lautsprecherstimme, die bittend, bestimmend ihren Namen rief, hat sie überhört. Betäubt macht sie sich zurecht, muss vor dem Ausgang auf einer Bank ausruhen. Noch brennt der Boden, erhitzt von Füßen über Füßen, stets rollen Koffer kreuz und quer, rattern, kratzen; verschiedenste Schuhe rennen über die glatte Haut des Marmorbodens, trampeln, hetzen, schleichen, stampfen. Auf dem Rückweg, die Sonne verschluckt von Wolken. In der Passage bilden sich Klumpen: Die Trauben um die Bars und Restaurants werden größer, es wird ausgeschenkt, der Schmerz des Tages weggespült, endlich Belohnung. Ruhe, ein unangenehmes Gut des Wohlstands. Blinkende Lichter peitschen die Pfützen, saugen ihr Leben aus der Straßenlaterne und verhüllen die prasselnd tanzenden Regentropfen. Füße huschen vorüber: große, kleine, Turnschuhe, Stiefel, dicke Beine, dünne, alte, junge. Selten anderes als bleiche, müde, traurige, fragende, selten glückliche Gesichter unter Haaren, unter Glatzen, ein jedes eine Geschichte, hinter jeder Maske ein Theaterstück des Lebens, ein Universum an Plänen und Wünschen. Nicht traurig, noch wach. Sie geht zurück, doch sie beugt sich nicht mehr.